Für Malik & Linus - Issa

Nadia Doukali Katharina Kelting

Fayzal der Krebsfänger

Salam

Zu manchen kommen Engel

und nehmen ihnen den Schmerz,

zu manchen kommen Engel,

nehmen sie mit und

drücken sie an ihr Herz ...

2

FAY

„Hay, hay, hay, Fayzal der Krebsfänger kommt herbei!
Lass mich ein und Freude wird ewig dein ...“

Der kleine Fay rieb sich die müden Augen und versuchte zu verstehen, ob er träumte oder ob das Klopfen und Singen vor seinem Zimmer Wirklichkeit war. Er schlüpfte aus seinem warmen Schlafsack und schlich wirklich sehr müde Richtung Tür. Tatsächlich, vor seinem Zimmer stand ein großer Mann ganz in Weiß. Ich meine so weiß wie Glühbirnen, die so hell leuchten, dass man die Augen zusammenkneifen muss. Eine Art Kaftan umhüllte seinen strahlenden Körper. Ich meine so strahlend wie der Mond, wenn er in einer klaren dunklen Nacht seinen Platz am Himmel beleuchtet und die Sterne ihn wie Diamanten schmücken. In seiner Hand hielt er eine große Rassel aus Krebsscheren, die bei jeder Bewegung raschelten. Er hatte einen schönen weißen Bart und warme braune Augen, die, genau wie sein ganzes Wesen, den kleinen Fay anlächelten.

„Wer bist du?“, fragte dieser zögernd.

„Ich bin der große Fayzal – Fayzal, der berühmte Krebsfänger! Wohin auch immer ich gerufen werde, komme ich und fange Krebse. Die großen dicken fange ich am liebsten und die vielen kleinen, die such‘ ich besonders gerne! Ich habe gehört, hier gibt es jede Menge davon?!“

Während der zauberhafte Mann sprach, tänzelte er mit seiner Krebsrassel durch Fays Zimmer und sein Kaftan machte jede Bewegung mit. Ich meine nicht so, wie wenn der Wind mit dem Stoff spielen würde, eher so, als sei der ganze Kaftan mit Musik getränkt und schwebe an Fayzals Körper durch den Raum.

„Hier gibt es aber keine Krebse!", rief der kleine Fay. „Ich glaube, du bist im falschen Haus."
„Nun gut, dann will ich mich hinsetzen und noch mal gründlich nachdenken, warum ich überhaupt hier bei dir bin, lieber Fay! Ich bin nämlich sehr vergesslich in letzter Zeit und müde bin ich auch, sehr, sehr müde sogar."
„Oh ja, das kenne ich!", antwortete der kleine Fay und kroch zitternd vor Kälte in seinen noch warmen Schlafsack. Er blinzelte müde mit den Augen, schaute trotz aller Erschöpfung den großen Fayzal an und fragte ihn mit leiser Stimme: „Ist dir auch immer so kalt, wenn du müde bist?"
Seit ein paar Monaten war die Welt um den kleinen Fay irgendwie anders. Sie wurde irgendwie immer kleiner, kälter und dunkler. Ich meine nicht einfach so klein, kalt und dunkel wie ein Keller zum Beispiel, sondern eher so klein, kalt und dunkel, wie wenn man so traurig ist, dass nur warme Tränen einen befreien. Fay aber weinte schon lange nicht mehr. Die Kälte ließ seine Tränen taub werden. Ich meine so taub, wie wenn man gaaanz lange und ohne Handschuhe einen Iglu bauen würde. Er war fest davon überzeugt, dass es der kalte Sommer sein musste, der ihn so frieren ließ. Seine Freunde gingen ins Schwimmbad oder zum Fußballspielen, doch ihm war einfach nur kalt und er wollte einfach nur schlafen. Wer will denn schon draußen spielen, wenn es so kalt ist? Ein komischer Sommer war das. Fays Sommer fühlte sich diesmal genauso an wie der Winter. Ein Winter ohne Schnee und Sonnenschein. Nicht so ein Winter mit Schlitten und Snowboard, nein, ich meine den Winter so – weißt du –, wie wenn man zitternd alleine in einer einsamen Hütte sitzt. Einfach nur ein

kalter, dunkler Winter. Das Essen schmeckte ihm auch nicht mehr ... Seine einst so roten Bäckchen waren verschwunden und er wurde von Tag zu Tag blasser. Er wuchs auch nicht mehr so schnell wie früher, und Fay war sich ganz sicher, dass das alles nur an diesem blöden kalten Sommer liegen konnte.

„Hay, hay, hay, Fayzal der Krebsfänger kommt herbei!" Der weiße Mann lachte plötzlich laut auf, sprang aus dem Stuhl und riss Fay aus seinen Gedanken. Er lachte so laut und guckte Fay mit so großen braunen Augen an, als hätte ihn ein Krebs in den Hintern gezwickt. Und – tatsächlich – an seinem weißen Gewand hing ein knallroter, kleiner, frecher Krebs! Ich meine nicht so einen aus Plastik für die Badewanne, nein, ein echter Krebs mit roten Scheren und einem Blick, der auf keinen Fall mit Intelligenz punkten konnte.

„Fayzal, Fayzal, sieh nur, ein Krebs, ein Krebs! Da ist ein Krebs an deinem Hintern!"

Der kleine Fay sprang aus seinem Bett und brach ebenfalls in Gelächter aus. So was hatte er noch nie gesehen, der Krebs hing wirklich direkt an Fayzals Kaftan und zwickte ihn heftig in seinen weichen runden Hintern!

„Hay, hay, hay, Fayzal der Krebsfänger kommt herbei! Lass mich ein und Freude wird ewig dein ...", rief Fayzal fröhlich, schnappte sich den kleinen roten Kerl und legte ihn zu den anderen Tierchen in seine Umhängetasche aus zerrupftem, zart duftendem Leder.

„Darf ich deine Krebsrassel auch mal schütteln?", bat der kleine Fay und machte so große Augen, dass Fayzal schon wieder losprusten musste.

„Ja sicher, mein kleiner Fay! Aber sei vorsichtig, ich glaube, wir werden noch die anderen Freunde von dem kleinen Kerl hier finden! Nicht, dass die deinen Hintern auch so toll finden! Ho, ho, ho, ho!", rief der bezaubernde Mann lauthals. Beide tanzten, schüttelten die Rassel und sangen das Krebsfängerlied. „Hay, hay, hay, Fayzal der Krebsfänger kommt herbei! Lass mich ein und Freude wird ewig dein ..." Und während sie so tanzten und rasselten, krochen unter Fays Bett lauter kleine rote Krebse hervor. Klack, klack, klack - klapper-

te es im ganzen Zimmer und Fay fand sich in einem Meer von roten Scheren! Ich meine nicht solche Scheren, mit denen man Papier schneiden kann, sondern richtige rote Krebsscheren von echten Krebsen mit einem wirklich komischen Blick. Ich meine so komisch, wie wenn man etwas nicht versteht – ja, genau so haben die geguckt! Die kleinen Krebse in so vielen verschiedenen Rottönen, dass man es sich kaum vorstellen kann, hängten sich an Fays Pyjamahose, krabbelten an Fayzals Kaftan hoch und die zwei lachten und tanzten dabei!

Die Sonne schien plötzlich warm und sanft in das Kinderzimmer und Fay wurde wohl ums Herz. Zum ersten Mal seit langer Zeit hatte er wieder das Gefühl, vor Freude in die Luft springen zu müssen. Das nutzte er auch gleich aus: Mit einem lauten Gekicher fiel er Fayzal um den Hals und küsste ihn auf seine warmen roten Backen. „Nimm mich mit, Fayzal – ich will auch ein Krebsfänger werden", sprudelte es aus ihm heraus. Ich meine nicht so, wie es in einem Glas mit Mineralwasser blubbert, nein, es sprudelte richtig aus ihm heraus, wie wenn man die Mineralwasserflasche vor dem Öffnen richtig fest geschüttelt hat.

„Hay, hay, der kleine Fay will mein Schüler sein! Hhmmm ... was machen wir denn da? Nun, ich will dich gerne mitnehmen, so lange, bis Frau Sonne untergeht und Herr Mond uns begrüßt. Ja, SoLun muss es uns erlauben. Dann, mein lieber Fay, müssen wir den lieben Herrn Mond fragen, ob er dir eine Rassel schenkt. Wir müssen ihn fragen, ob die liebe Frau Sonne sehr traurig wäre, wenn sie dich nicht mehr wärmen dürfte. Deshalb müssen wir SoLun um diesen Wunsch persönlich bitten. Nur wenn sie es erlaubt, mein lieber Fay, nur dann kann ich dich mitnehmen."

Fayzal zauberte einen kleinen wunderschönen Kaftan aus seiner Tasche. Er war aus glänzend blauer Seide mit goldenen Fäden genäht, und die dazu passenden Schuhe hatte Fayzal auch gleich dabei. „Die können etwas ganz Besonderes, das wirst du gleich sehen", sagte er und zog seinem neuen Schüler die Sachen an. Als der Kleine sich stolz im Spiegel bewunderte, drückte er ihm noch eine klitzekleine Krebsrassel in die Hand. „So, und nun komm, wir haben viel zu tun!"

Hay, hay, hay…

SoLun

Der kleine Fay und der große Fayzal schwebten mit ihren coolen Super-Schuhen durch sieben Himmel – und jetzt war Fay natürlich auch klar, was Fayzal mit dem ganz Besonderen gemeint hatte. Plötzlich segelte ihnen eine mächtige Tür entgegen. Ich meine nicht eine normale Tür, wie du sie kennst, nein, nein, eine ganz besondere Tür war das. Sie war aus weichem, aber sehr altem, schönen braunem Holz. Sie hatte tiefe Stirnfalten, solche Falten, wie man sie bekommt, wenn man ganz fest nachdenkt, weißt du? Man muss oft und gaaanz lange nachdenken, um solche Falten für immer zu bekommen, ja, das muss man. Die Falten auf der Tür wackelten ganz aufgeregt hin und her, rauf und runter.

„Wer kommt? Wer will Freude prompt?", dröhnte es aus ihr. Ich meine, es dröhnte nicht einfach so, wie wenn dein großer Bruder die Musik laut macht, sondern eher so, wie ein heftiger Donner grollt. Fay zitterte ängstlich und starrte auf den riesigen Holzmund mit seinen weichen dicken Lippen. Das waren nicht einfach Lippen, wie du sie hast, nein, nein! Es waren so grandiose weiche Lippen, wie Mädchen sie manchmal haben, wenn sie so richtig schmollen. Fayzal konnte sich schon wieder nicht halten vor Lachen, als er Fays aufgerissene Augen sah. „Ho, ho, ho, ich bin es nur, BaBu, Fayzal der Krebsfänger!" „Du bist nicht allein – kann das sein?" BaBus Stirnfalten bewegten sich auf und ab und die dicken Lippen tanzten, wie dicke Frauen in fernen Ländern tanzen. „Das stimmt, mein alter Freund BaBu, das hier ist mein kleiner Freund Fay." „Seine Krebse sind in deiner Tasche, nicht? Er muss zurück zu seinem Licht! Alle Krebse sind nun da, nicht wahr? Du weißt, jetzt ist alles klar!"

Fay schaute traurig zu Fayzal, er wollte doch so gerne helfen und in andere Zimmer mit ihm reisen. Er wollte noch nicht in sein nun warmes Zimmer zurück. Fay wollte noch mehr Krebse fangen! Er wollte noch mal rasseln und noch viel öfter tanzen. „Wir wollen die ehrenwerte SoLun um Hilfe bitten, mein alter Freund!“ Fayzal schaute BaBu ernst an.
„SoLun, SoLun, sie wird wissen, was ist zu tun!“, brummte es und BaBu öffnete sich. Eine große und eine kleine Wolke standen gesattelt bereit. Alles glänzte und glitzerte und aus den Wolken strömte der Duft von warmer Milch, Karamell und Honig. Fay liebte warme Milch mit Honig. Fayzal hüpfte mit einem Satz auf seine große Wolke und atmete tief ein: „Hhmmm, Karamellmilch ... mein Lieblingsduft!“ Fay sprang ohne Anlauf in seinen glitzernden grünen Sattel und atmete wie ein großer Mann tief ein: „Hhmmm, Honigmilch, mein Lieblingsduft!“ Die beiden Krebsfänger zogen die Zügel fest an und mit einem Kribbeln im Bauch schwebte Fay zusammen mit dem zauberhaften Fayzal durch das wunderbare Schlafwachland.
Oh, das war ein Land! So etwas hatte Fay wirklich noch nie gesehen. Überall spielten Kinder mit Bällen aus Zuckerwatte auf grünen Wiesen voller Sonnenschein, schwammen in türkisfarbenen Meeren aus Geschichten, fuhren auf Karussellen mit echten Pferden und weißen Elefanten. Auch große Kinder winkten Fay von unten zu. Sie tanzten auf Wolken in allen Farben oder lagen sich verliebt in den Armen, auf Bäumen mit Ästen aus langen Kissen und Blättern aus Herzen mit Zuckerguss. Weißt du, die waren so verliebt, ich meine so verliebt, wie man verliebt ist, wenn es im Bauch ganz arg prickelt, so wie Brause auf der Zunge, und das Herz pochend versucht, aus dir rauszuspringen. „Fayzal, wo kommen die ganzen Kinder her?“ „Das, mein lieber Fay, sind Menschenkinder, die ihre Zimmer den Krebsen geschenkt haben!“ „Und warum haben sie ihnen ihre Zimmer geschenkt, Fayzal?“ „Nun, nicht bei jedem Kind sind die Krebse so schlau und lassen sich auf meinen Tanz ein. Manche sind ganz schön stur und wollen einfach nicht mit. Dann dürfen die Menschenkinder ins Schlafwachland kommen und haben eben hier ihren Spaß!“

Fay wollte noch viele Fragen stellen, doch er stockte, denn plötzlich kamen sie an etwas sehr Gewaltigem an. Ich meine nicht so gewaltig wie ein Berg, nein, nein, es war so gewaltig, dass man, wenn man davorstand, seinen Kopf so arg nach hinten legen musste, dass der Mund aufging! Und Fays Mund, der ging richtig weit auf.
„Ehrenwerte SoLun, ehrenwerte SoLun – wir sind hier, Fayzal der Krebsfänger und Fay, der in die Lehre gehen will bei mir!" Fays Kopf lag immer noch ganz weit hinten und sein Mund stand immer noch so weit auf wie bei den kleinen Vögeln, die im Nest auf den dicken fetten Wurm warten, den die Vogelmutter bringt ... Der Kleine atmete dabei schwer und hauchte bewundernd in den weiten Raum: „So – Lun ...!"
Das war also SoLun! SoLun war ein noch zauberhafteres Wesen als alles Zauberhafte, das Fay jemals gesehen hatte. Es war wie gesagt mundaufmachgroß und hatte ein grünes und ein blaues Auge mit vielen kleinen Glitzersteinen und eine Seite schimmerte in den schönsten Nachtfarben, die andere leuchtete in den schönsten Sonnenfarben. Eine Nase, geformt wie eine Rutsche, und ein Mund, so anziehend wie ein warmer Kuss. Von SoLun konnte man einfach nicht genug bekommen ... Auf einmal war alles ganz still und warm.
Es war so, wie wenn du träumst. Du kannst ja auch nicht genau erklären, wie du etwas im Traum erlebst, nur so ungefähr, oder? So ähnlich ging es dem kleinen Fay in der Gegenwart von SoLun. „Was wünscht ihr? Wünscht ihr was?", sprach SoLun mit zwei Stimmen.
Ich meine nicht einfach zwei normale Stimmen, sondern eher so, wie wenn zwei Freunde das Gleiche und doch etwas Anderes sprechen. „Wir wünschen uns etwas Zeit – bis Fay ist bereit. Liebe SoLun, sag uns, was dürfen wir tun?" „Ich sehe den kleinen Mann – einen kleinen Mann sehe ich. Der kleine Mann will nicht zurück in sein warmes Zimmer – will sehen noch viele kalte Zimmer. Das geht nicht – vielleicht sag' ich, es geht nicht!"
Der große Fayzal tat sein Bestes, um SoLun zu überzeugen, und SoLun dachte wirklich über den Wunsch nach. Das merkte man ganz deutlich, denn SoLun drehte sich immer wieder hin und her. Mal starrte Fay das blau funkelnde Auge der warmen Sonne an, mal kam

der helle Mond mit seinem grünen zwinkernden Auge ganz nah an ihn heran. Plötzlich hielt dieses zauberhafte, große, mächtige Wesen inne und erklärte unter feierlicher Begleitung von heranfliegenden Geigen und Flöten eine Abmachung.
Ich meine nicht eine einfache Abmachung, sondern so eine Abmachung, bei der man jemandem ganz tief in die Augen sieht und sagt: „Versprich es!"
Die Geigen musizierten und die Flöten pfiffen, als SoLun Fay, dessen Mund immer noch weit offen stand, ganz eindringlich mit ihrem grünen und blauen Auge ansah und verkündete: „Kleiner Mann, hör mir zu – du hörst mir zu, kleiner Mann, du! Ich will dir deinen Wunsch erfüllen, bis du ein Menschenkind triffst, das sich nicht mehr kann verhüllen. Ein Menschenkind wird sich nicht mehr verhüllen. Du gibst ihm dann diese Rassel aus deiner Hand – versprichst du mir, meinen Wunsch zu erfüllen?" Mit diesen Worten reichte SoLun ihm eine wunderschöne Rassel, fast so groß wie die von Fayzal. Fay stellte sich gerade hin, machte den Mund erst mal wieder zu, nahm die Rassel und sprach dann ernst – ich meine so ernst, wie wenn man etwas wirklich einhalten will – und mit fester Stimme:
„Ja, das verspreche ich, verehrte SoLun. Ich verspreche es und ich werde es tun!"
„So, nun geht, auf euch warten noch Abenteuer – verscheucht sie, diese dummen Ungeheuer. Doch sprich mit keinem über dieses Land, solange das Menschenkind zurückbekommt seine Träume aus Meer und Sand!" SoLun verschwand, als wäre sie nie da gewesen. Ich meine, sie verschwand so, wie wenn man in der Wüste ganz weit in der Ferne einen Dattelbaum und Wasser sieht und wenn man dort ankommt, sind sie weg. Genauso war es mit SoLun. Die beiden Krebsfänger schwebten auf ihren gesattelten Wolken durch das Schlafwachland. Sie flogen wieder vorbei an Bäumen voller Erdbeeren aus Zuckereis und Bächen voller Musik und tanzenden Fischen auf ihrem Weg zu bewohnten Zimmern.

14

15

Sofia

Sofia war ein Mädchen. Also, nicht dass du glaubst, ich würde denken, du bist dumm und wüsstest nicht, dass Sofia ein Mädchenname ist, aber mit Sofia war das so: Sie machte seit einer langen Zeit alles dunkel um sich herum. Sie verhüllte ihr schönes Zimmer hinter dunklen Gardinen und ließ keine Sonne hinein, ging auch nicht mehr in die Schule und tauschte ihre schönen bunten Röcke gegen langweilige graue Hosen. Ihre Lieblingsketten und Schleifen in Prinzessinnen-Pink und Kaiser-Gelb hatte sie ganz tief in den Keller gepackt. Sofia hatte wunderschönes langes Haar mit Wellen, wie man sie nur im warmen Meer von Honolulu findet. Sie waren schwarz und glänzend, genau so wie die von Schneewittchen. Ehrlich, ich lüge dich nicht an – so schön war Sofia. Doch schon seit langer Zeit verbarg sie das alles, und wer Sofia nicht von früher kannte, wusste nicht mehr, ob sie ein Junge oder ein Mädchen war.

Aber Sofia war ein Mädchen!

Ihr Zimmer war also dunkel und außerdem auch voller Dreck. Aber nicht Sofia hatte den Dreck gemacht, nein, wirklich, das war sie nicht, und das ist keine Ausrede. Ich meine diese Ausreden, die man erfindet, wenn die Eltern schimpfen und ja eigentlich auch sooo Recht haben. Nein, wirklich, ohne Ausrede,

Sofia war das nicht, sie mochte nämlich alles Schöne und sie mochte es, wenn alles sauber war. Sofia lebte in ihrem Zimmer in einer kleinen Ecke mit ihrer Spieluhr, die sie zwei Monate zuvor von ihrer Großmama zum Geburtstag geschenkt bekommen hatte. Wenn sich die Ballerina in ihrem Puppenkleid auf dem Deckel der Spieluhr ganz fest drehte, leuchtete die kleine Lampe in der Hand der Tänzerin direkt in Sofias Gesicht, und sie lächelte zufrieden. Dann träumte Sofia von früher.

Früher, da waren viele Kinder bei ihr im Zimmer. Dieses schone Mädchen war einmal sehr beliebt, weißt du? Sie war eine tolle Tänzerin, und alle ihre Freundinnen wollten unbedingt so sein wie sie. Wenn sie sich am Ende eines Liedes drehte, dann wehte ihr gewelltes schwarzes Haar durch den Raum und alle machten die Augen zu. Ihre Freunde atmeten den Duft von warmen Äpfeln ein und es war, als hätte Sofia sie verzaubert. Aber keiner sagte es ihr. Du weißt doch, manchmal sind die Dinge so schön, dass man sie nicht aussprechen kann. Und nun war es so, dass keiner mehr zu ihr kam, weil die Dinge seit langer Zeit so unaussprechlich schlimm und traurig waren.

Wenn Sofia ganz tief in den Ozean ihrer alten Welt tauchte, kam ihre Großmama zu ihr. Sie nahm Sofia bei den Händen und beide kreuzten ihre Arme übereinander, so dass sie sich ganz fest halten konnten, beugten ihre Köpfe weit nach hinten und drehten sich gemeinsam im Kreis. So konnten sie, während die Musik sie beim Drehen begleitete, ihre langen Haare wie einen Schleier wehen lassen. Das war die beste Zeit für Sofia, wenn sie sich mit ihrer Oma, die dann extra aus einem der sieben Himmel zu ihr herunter kam, drehen konnte. Sie fühlte sich dann ganz leicht und schwindelig vor Glück. So schwindelig, dass sie immer dachte, sie würde fliegen. Sofia flog dann träumend mit ihrer allerliebsten Oma auf und davon.

Du weißt nicht, wo die sieben Himmel sind? Oh ... Dann werde ich mal Sofias Oma für dich fragen und es dir berichten. Weißt du, Sofias Oma ist immer sehr viel unterwegs und sie kam immer aus einer anderen Ecke zu Sofia. Aber im Schlafwachland, da war sie bestimmt noch nicht!

Fayzal und der kleine Fay schwebten vor die Tür von Sofias Zimmer. „Komm, kleiner Freund, hier braucht jemand unsere Hilfe!“, sprach Fayzal und zog gleich eine ganz besondere Rassel aus seinem Beutel. „Oh Fayzal, das ist aber eine schöne Rassel! Wo sind wir denn hier?“ Fay rutschte aus dem Sattel seiner Honigmilch-Wolke und stellte sich stolz neben seinen neuen Freund. „Wir sind bei der schönen Sofia. Sie ist eine grandiose Tänzerin, musst du wissen. Ich kenne ihre Großmutter sehr gut. Es wird Zeit, dass wir Sofia helfen, das Zimmer aufzuräumen. Ein besonders dummer und sehr, sehr hässlicher Krebs hat sich bei ihr eingenistet und alles schmutzig gemacht. Hier, nimm die Klammer und mach deine Nase dicht, kleiner Fay, mir stinkt's jetzt schon gewaltig und du wirst sie bestimmt auch dringend brauchen!“ Der kleine Fay nahm die Nasenklammer aus weichen Rosenblättern und zog sie auf. Oh, wie das duftete. Die beiden Krebsfänger öffneten leise die Tür. Der große Fayzal legte den Zeigefinger auf seinen Mund, so wie wenn man jemandem sagen will: „Pssst, sei ganz leise!“ Fay sah Sofia in ihrer Ecke, mit überkreuzten Armen sich im Kreis drehend, und ein kleines, aber helles Licht ließ ihre ganze Schönheit erstrahlen. Du fragst dich jetzt sicher, warum der kleine Fay Sofias Großmutter, die ja mit ihrer Enkelin immer tanzte, nicht sehen konnte, aber das werde ich sie fragen, wenn ich das mit den sieben Himmeln kläre. Das Zimmer war wirklich sehr dunkel und sehr hässlich. Überall hingen und lagen komische schleimige Fäden rum, und ganz viele Spinnennetze, aus Staub und Dreckfäden gesponnen, zogen sich durch das ehemals schöne Zimmer. Weißt du, man konnte es an manchen Stellen schon noch sehen, dass Sofias Zimmer einmal wirklich schön gewesen war.

Plötzlich begann der große Fayzal mit seiner riesigen, besonders schönen Rassel seinen Freudentanz und sang dazu das Krebsfängerlied.

„Hay, hay, hay, Fayzal der Krebsfänger kommt herbei! Lass mich ein und Freude wird ewig dein ...“ Fay machte es ihm nach und sang kräftig mit ... Hör' ich da richtig? Seid ihr das? Habt ihr gerade auch mitgesungen? Das wäre nämlich nicht schlecht, denn es kam noch kein

Krebs zum Vorschein. Also noch mal: „Hay, hay, hay, Fayzal der Krebsfänger kommt herbei! Lass mich ein und Freude wird ewig dein ..."
Plötzlich starrten aus der Dunkelheit zwei wirklich große Augen mit noch mehr Augen darin die beiden Fänger an. Wirklich, ganz komisch waren diese Augen in den Augen, sie waren irgendwie wie Froscheier, ganz viele. Nun sah man auch den Rest des Krebses, er schleppte und schob sich feige seitlich aus der Ecke. Aber wirklich gaaanz langsam, denn er hatte furchtbar hässliche lange Scheren, die ihm und seiner Neugierde wohl im Weg standen. Diese Scheren waren lang wie Spinnenbeine und nahmen das ganze Zimmer ein. An ihnen hingen diese schleimigen Staub- und Dreckfäden wie überall in Sofias Zimmer.
„Schau dir das an, kleiner Fay. So was Schmuddeliges hab ich ja schon lange nicht mehr gesehen!", knurrte Fayzal. Der große Fayzal war ganz schön sauer, das sah man ganz genau an seinem Gesicht. Er lächelte nicht mehr so nett und er war wirklich böse auf den dummen großen Krebs, der das schöne Zimmer von Sofia so verunstaltet hatte. „Komm mal her, du schrecklich hässliches Wesen, ich habe einen wunderbaren neuen Platz für dich. Schau, so schön wie meine Rassel, so schön wird auch dein neuer Platz sein!" Fayzal setzte dem Krebs mit beschwörender Stimme gehörig zu und dieser Krebs war echt ein richtiger Dummkopf. Er glaubte doch tatsächlich, dass Fayzal, der große Krebsfänger, ihm einen neuen schönen Platz zum Dreckeln schenken würde. Diese Krebse sind wirklich äußerst dumm. Er kam – betört von Fayzals Stimme – nun immer näher und zog eine Schleimspur hinter sich her, die wie ein langer Schwanz mit Dreck besudelt war. Fayzal schnappte sich das große und wirklich sehr peinliche Monster, brachte es vor die Tür und schnallte es an seine Wolke. „Was passiert jetzt mit dem hässlichen Krebs, großer Fayzal?" Der kleine Fay kam seinem Meister hinterhergerannt, rutschte und stolperte dabei über den Schleim und Schmutz, den das Biest mit sich zog.

„Bleib ruhig hier und schau dir an, was mit ihm passiert. Ich will in der Zwischenzeit mal schnell Sofias Zimmer wieder herrichten, bevor sie aufwacht. Und mit ihrer Oma muss ich auch noch ein paar Takte sprechen – wir haben uns schon lange nicht gesehen; die Zeit für einen Tee sollte doch noch drin sein?!“ Während er dies sprach, lachte er wieder sein tiefes Lachen und verschwand in Sofias Zimmer. Der kleine Fay war wirklich sehr mutig. Anders kann man es nicht sagen. Ich meine, er hätte sich ja auch einfach in Sicherheit bringen können, aber dann wäre er ja kein richtiger Krebsfänger gewesen! Denn ein richtiger Krebsfänger hat doch keine Angst, ein Krebsfänger zittert nicht, nein! Ein richtiger Krebsfänger schüttelt den Kopf über so ein dummes Geschöpf!

Fay baute sich also furchtlos, mit rausgestreckter Brust, vor dem unförmigen Ding auf und beobachtete sprachlos, wie es durch das wunderbare Aroma von Karamellmilch immer kleiner wurde. Das Monster schrumpfte und schrumpfte, so wie ein in der Obstschale vergessener Apfel schrumpft und schrumpft – nur viel, viel schneller. Bevor Fay seinen großen Freund rufen konnte, war aus dem großen Monster ein kleiner stinkender Pups geworden. Ihr wisst schon, diese Pupse, die kleine Babys ganz laut aus den Windeln krachen lassen und die euch aus dem Po rutschen, wenn ihr eure nervigen Tanten ärgern wollt. Ihr könnt euch nicht vorstellen, was für ein kleiner stinkender Pups aus dem – vor Kurzem noch so riesigen – Monster wurde. Puff – war es verdampft, und Fay atmete nur noch den zarten Duft von Karamell. „Fayzal, Fayzal, Fayzal, es ist weg! Das Monster ist weg!“ Als er aufgeregt zurück in Sofias Zimmer rannte, standen der große Fayzal und die wirklich wunderschöne Sofia zusammen in dem blitzblanken Zimmer. Sofia trug ein mit Blumen besticktes Kleid, auf dem Schmetterlinge tanzten. Der ganze Raum roch nach Frühling und es glänzte und glitzerte überall. Weißt du, wie der Frühling riecht? Ich meine den echten Frühling, den Tag, an dem du aufwachst und dich ans offene Fenster lehnst ... Erinnerst du dich? Wie gut der Frühling riecht ... So warm und doch so schön kühl auf der Nase, so süß, und alles ist irgendwie samtweich. Genauso fühlte sich Sofias Zimmer an. Wisst ihr was? Das war wirklich das schönste und hellste Zimmer, das ihr euch vorstellen könnt. Der kleine Fay konnte sich gar nicht von dem Wunder losreißen, doch Fayzals warme Stimme brachte ihn zurück in die Wirklichkeit: „Komm, mein kleiner Helfer, es wird Zeit zu gehen ..."

Eine strahlende Sofia winkte ihnen zu, und an der Wand, dort wo der Krebs seine schmutzigen Scheren gewetzt hatte, blieb ein kleiner Riss, auf dem sich Hunderte von Schmetterlingen niederließen. Sofias Oma, mit einem Koffer aus Zuckerwatte in der Hand, schwebte über dem Dach auf ihrer Wolke aus Musik. Sie winkte ihrer Enkelin glücklich und doch irgendwie auch wehmütig zum Abschied. Sie zwinkerte und lächelte dem großen Fayzal zu. Ich meine, sie zwinkerte nicht einfach so, wie wenn man was im Auge hat, nein, nein! Sie zwinkerte so, wie freche Mädchen es tun. So, wie wenn man versucht mit den Wimpern etwas, das gerade vorbeifliegt, einzufangen. Sofias Oma zwinkerte wie freche Mädchen und der große Fayzal bekam rote Backen – und der kleine Fay lachte laut auf und zog als erster am Zügel seiner wilden Wolke aus Milch und Honig.

23

Steve

„Wo fliegen wir jetzt hin?" Fay war furchtbar gespannt, wie das Abenteuer mit seinem Gefährten weitergehen würde. Während er vor Aufregung in seinem Sattel hin und her rutschte, musste er immer wieder an die wunderschöne Sofia denken. Mit geröteten Wangen blickte er verstohlen seinen großen Meister von der Seite an, in der Hoffnung, dass er nicht merkte, wie peinlich ihm das war. Doch Fayzal war in Gedanken ganz woanders und schaute ziemlich traurig drein. Fay befürchtete, dass es etwas mit ihm zu tun hätte, doch es war nicht Fay, der dem großen Krebsfänger Sorgen machte. Nein, es war das neue Zimmer, das auf sie wartete. Bereits aus der Ferne hörte man lautes Brummen und Krachen. Wirre, dröhnende Musik, schlimme Wörter, die man nur heimlich flüstern oder in Gedanken sagen würde, tönten laut durch die wilden Winde, die dort tobten. Fay klammerte sich mit einer Hand an den Kaftan seines Freundes, um sich selbst nicht zu verlieren. „Fayzal, was ist das? Ist das ein Donnerwetter, zu dem wir fliegen?"

„Ein Donnerwetter verzieht sich irgendwann, und ich wünschte wirklich, es wäre so ein reinigendes Gewitter, kleiner Fay. Aber so wie es aussieht, stecken hinter dem Krach die Krebse, die sich an diesem Ort eingenistet haben ..."

Bevor sie die Tür zum Zimmer erreichten, kamen den beiden Kämpfern Schilder entgegen geflogen, mit „STOPP!" und „Vorsicht – Monster-Club!" beschmiert. Auf einem Schild war sogar das Zeichen für Gift drauf – du weißt schon, das gelbe mit dem Totenkopf aus Knochen. Ich meine nicht das kleine auf den Putzmitteln von fleißigen Mamas, nein, nein. Ich

meine so ein Schild, wie es an Eingangstüren von großen Fabriken hängt, in denen richtig giftige Sachen hergestellt werden. So ein Schild war das. Es war furchterregend. Fays bis hierher mutiges Herz fing plötzlich an, vor lauter Angst wie eine Rosine zu schrumpfen. Ja, wirklich! Kennst du das nicht? Wenn du am liebsten alles an dir verschwinden lassen oder sogar unsichtbar machen möchtest? Du willst dich einfach von dem Ort verziehen, der dir Angst macht. Also Fay wäre jedenfalls in diesem Moment am liebsten geschrumpft, so ähnlich wie Sofias Monsterkrebs.
„Hab keine Angst, mein Kleiner, die sind harmlos und noch dümmer als alles andere, was wir bisher gesehen haben. Sie versuchen, uns mit den Schildern abzulenken. Diese miesen Tricks kenne ich! Ich hoffe nur, dass sie dem Jungen Steve ein Plätzchen in seinem Zimmer übrig gelassen haben." Fayzal machte sich Sorgen, das erkannte man sofort. Er schaute in Richtung der sieben Himmel und schob seine weichen Augenbrauen zusammen, so dass sie sich in der Mitte fast berührten. Du weißt doch, wie das aussieht, wenn man scharf über etwas nachdenkt? Nein, nein! Nicht so! Nicht mit offenem Mund, sondern so, wie wenn man richtig heftig nachdenkt und versucht, eine Lösung zu finden. Und der große Fayzal schien gerade in diesem Moment seinen Kopf wie eine Zitrone auszuquetschen auf der Suche nach einer Lösung für das gewaltige Problem vor ihnen.

„Ist Steve der Junge, zu dem das Zimmer gehört?" Fay hatte sich wieder gefangen und wollte nun alles über diesen geheimnisvollen Raum hören, vor dem sie standen.
„Ja, mein kleiner Helfer, das ist er. Und dieser rotzfreche Krebs da drin scheint nicht alleine zu dem Jungen gekommen zu sein ...!" Der kleine Krebsfänger starrte gebannt auf die Tür, die zum Zimmer führte, und ärgerte sich für einen kurzen Moment, dass er nicht in seinem eigenen schönen neuen Zimmer geblieben war. BaBu hatte es schon richtig erkannt: „Seine Krebse sind in deiner Tasche, nicht? Er muss zurück zu seinem Licht! Alle Krebse sind nun

da, nicht wahr? Du weißt, jetzt ist alles klar!“ Die brummige Stimme von BaBu tönte direkt in Fays Ohr und ein Gefühl von Traurigkeit überfiel ihn. Weißt du, es war genau so, wie wenn man ganz plötzlich müde wird und in der nächsten Sekunde einschläft – so ein Überfall war das.

„Hey, schwimm da rauf, du verstopfter Spinner!“ „Wer, ich?“ „Neee, du!“

Fayzal beugte sich zu seinem Schützling herab und sprach zu ihm, so leise, als würde er ihm ein Geheimnis anvertrauen: „Hörst du das, mein kleiner Freund? Sie können schon sprechen. Sie müssen ziemlich mächtig sein, wenn sie nicht nur Steves Zimmer, sondern auch seinen Wortschatz gefunden haben und diesen benutzen.“

Fayzal schob langsam die Tür zu Steves Zimmer auf. Ein Lärm wie auf einer Baustelle donnerte ihnen entgegen. Kennst du das, wenn du in der Mittagszeit an einem großen Bahnhof ankommst und aus der Bahn aussteigst? Solch eine Wucht von Lärm und Durcheinander umgab die beiden mutigen Kerle. Mächtige, große und wirklich unglaublich dumm glotzende Krebse tummelten sich in dem Raum. Die roten Viecher hatten sich Steves Wortschatz geschnappt und die Wörter richtig durcheinander geschüttelt. Weißt du, wie auf dem Jahrmarkt am Losestand. Ja, genau! Da wo man riesige Kuscheltiere gewinnen kann. Rein in eine große Trommel und dann kräftig gedreht, so dass alle Wörter gut durchgemischt werden. Und nun grapschten sie sich einfach eine Handvoll Wörter und schmissen damit rum.

„Hey du Topfdeckel, bremsen, wenn ich tanze!“, sabbelte ein stämmiger Krebs, der sich provokant vor einen anderen Kumpan stellte. Seine Scherengriffel steckten in Steves blauen Boxhandschuhen und er drohte seinem Gegenüber mit Schlägen. „Mal mir doch mein Butterbrot leer – das ist mir doch Zitrone!“, schrie der andere Krebs zurück.

So was hatte der kleine Fay noch nie gesehen und du bestimmt auch nicht. Diese Krebse waren wirklich bärenstark! So richtige Kraftprotze und total verrückt. Unter ihren Panzern trugen sie mächtige Muskelpakete. Einige von ihnen waren sogar so stark und schwer, dass sie sich kaum bewegen und nur auf eine Stelle gaffen konnten. Erst jetzt bemerkte der kleine Fay, dass sie alle an einem riesigen roten Etwas hingen. Dieses fette Ding war der größte Krebs, den Fay jemals in seinem Leben gesehen hatte und du bestimmt auch. So groß und bullig wie ein Stier. Ich meine nicht den Mann von der Kuh, der den ganzen Tag Gras frisst, nein, nein! Ich meine so einen Stier, wie er wirklich ist, muskulös mit blutunterlaufenen Augen, einem breiten Rücken und einem Blick, der dir deutlich und ohne Worte sagt – Grrrrrrrr ... ich mag dich nicht!

Er bewegte sich nicht und seine Anhänger machten sich so richtig breit auf ihm. Das Biest muss wirklich hart trainiert haben, um so mächtig zu werden.

Er sprach nur noch mit den Augen und gerade hatte der bullige Krebs einen faulen Anhänger so schief angesehen, dass dieser sich vor lauter Schreck mit zwei anderen verhakte. Steves Zimmer war komplett in Beschlag genommen von diesen lauten hässlichen Muskelkrebsen, mit ihrem ohrenbetäubenden Gedudel, die Hanteln stemmten und dabei rücksichtslos und mit sabberndem Maul nach einem freien Platz suchten. Gerade hatte einer von den Spinnern ein stilles Örtchen gefunden, da verhedderte er sich auch schon mit zwei anderen Dummen. „Sieben geteilt durch Hosenbund! Ich schlaf' hier!"
„Kriech zu deiner Oma, du hast Taubenkacke im Zeugnis!" „Wenn fünfzehn beim Zahnarzt klauen, dann freut sich der Apfelsaft!", lachte der dritte Krebs und schnappte sich den freien Platz, während die anderen sich weiter ineinander verwurschtelten.
Fayzal und Fay schauten sich tief in die Augen und wussten, ohne es auszusprechen, dass sie Steve hier nicht mehr finden würden. „Aber Fayzal, er muss doch hier irgendwo sein!", wisperte Fay verzweifelt. „Ja, so ist es, mein kleiner Freund – schließ deine Augen und träume von dir selbst. Wo wärst du jetzt, wenn dein Zimmer so laut und voll wäre wie hier bei Steve?"
Der kleine Fay machte die Augen zu und ließ nur noch den Klang des Lärms an sich heran. Er spürte die Enge in diesem Raum und wollte sich nur noch leise in den Schlaf schaukeln. Du weißt doch, wie das ist, wenn du müde wirst und dich an jemanden furchtbar Lieben kuscheln möchtest, der dich ganz sanft in den Schlaf wiegt? So geborgen und von Liebe geschaukelt zu sein, das war das Einzige, was sich Fay in diesem Augenblick erträumte.
„Ich hab's, Fayzal, ich hab's!!! – Steve muss in einem großen Garten sein, auf einer Schaukel, Fayzal, ja, auf einer großen Schaukel! Komm schnell, ich bin mir sicher, dass er genau dort ist!" Der große Fayzal musste laut lachen, weil Fay wieder so große Augen machte und wie fünf kräftige Männer beim Tauziehen an seinem Kaftan zerrte. Die Horde Krebse glotzte den beiden armselig hinterher und nur einer, der gerade seinen Kopf aus der Wort-

schatzkiste hob, grölte triumphierend: „Diddeldumm diddeldei, rote Backen Spiegelei! Sibbel Sabbel Kugelbier, Mc Krebs bleibt für immer hier!"

Fay zog weiter ungeduldig an seinem Freund und sie verließen das Zimmer durch den Hinterausgang. Der kleine und wirklich sehr mutig gewordene Krebsfänger stolperte direkt auf eine feuchte Wiese, die von einem Meer aus Butterblumen übersät war. Kennst du Butterblumen? Diese kleinen gelben Blümchen, die auf grünen feuchten Wiesen wachsen? Nein, nein, nicht die Wiesen, wo Hunde große Haufen legen. Nein, die meine ich nicht! Ich meine die Wiesen in den Bergen, wo die Hummeln summen und Rehe herumtollen. Du musst unbedingt auf deiner nächsten Wanderung nach Butterblumen suchen!

„Schau dir das an, kleiner Fay – Steve hat sich einen wunderbaren Ort ausgesucht, um auf uns zu warten! Du hast ihn gefunden Fay..."

Fayzal zeigte mit seinem Finger geradeaus. Fay wollte sich eigentlich gar nicht von der duftenden Wiese und dem erfrischenden Tau trennen, doch die Neugierde auf Steve war einfach zu groß. „Fayzal, kann er uns hören?", flüsterte Fay. „Wir werden sehen, kleiner Helfer. Dies hier ist seine Welt, und wenn er auf uns wartet, so wie SoLun es uns prophezeit hat, dann wird er uns hören." So weit das Auge reichte, spannte sich die

Wiese vor Fay, und erst jetzt bemerkte er, dass die Butterblumen einen Pfeil bildeten, der direkt auf einen großen Baum zeigte. Dieser Baum lebte in seiner ganzen Pracht. Glänzende weiße Kirschblüten schmückten ihn und an seinem kräftigsten Ast hing eine Schaukel mit einem alten LKW-Reifen als Sitz. Dort saß er und schaukelte, mit einem Grashalm in seinem Mundwinkel ... Steve. Er war so lässig und so cool, dass Fay nur noch bewundernd mit den Augen blinzeln konnte. Fay wollte sofort sein Freund werden und hoffte von ganzem Herzen, dass Steve ihn erhören würde.
„Ha... hallo Steve ...!“, stotterte er. Steve lag in seinem Reifen, als gäbe es nichts Schöneres und blickte versunken in seinen hellblauen Himmel voller bunter Vögel. Sie formten Bilder von Figuren, wie man sie malt, wenn man tief in Gedanken ist. „Fayzal, er hört mich nicht.“
„Sei nicht traurig, Fay, gib ihm noch ein bisschen Zeit.“
Plötzlich bildeten Steves Vögel einen großen Kreis und darin die Buchstaben F – A – Y.
„Boaaah, sieh nur, Fayzal – dort steht mein Name!“ Fay spürte ein mächtiges Kribbeln in seinem kleinen Bauch und er war furchtbar stolz, seinen Namen in den Gedanken eines so coolen Jungen zu finden. Steve nahm seinen Grashalm aus dem Mund und schaute direkt zu den beiden rüber. Ein Lächeln breitete sich auf seinem hellen Gesicht aus und er pfiff die Melodie zum Krebsfängerlied: Hay, hay, hay, Fayzal der Krebsfänger kommt herbei! Lass mich ein und Freude wird ewig dein ...
„Er kann uns hören, Fayzal, er kann uns hören!“, rief Fay aufgeregt. Er wartete Fayzals Antwort gar nicht erst ab und rannte vor Freude einfach los. Steve sprang von seiner Schaukel und lief ihm entgegen. Sie fingen sich auf und ließen sich taumelnd ins feuchte Gras fallen. Bis über beide Ohren strahlend sang Fay lauthals das Krebsfängerlied, begleitet von Steves fröhlichem Pfeifen – immer und immer wieder: „Hay, hay, hay, Fayzal der Krebsfänger kommt herbei! Lass mich ein und Freude wird ewig dein ...“
Die Butterblumen bildeten einen Sonnenkreis um sie herum, und Fayzal näherte sich den beiden Jungs, die vor Glück heller strahlten als das Tageslicht. „Fayzal, Fayzal, schau, mein

Freund Steve. Ist er nicht cool?" Fayzal musste laut lachen und bestätigte zu Fays Freude: „Ja, das ist er, Fay. Steve ist furchtbar cool und sehr, sehr schlau! Du hast dir eine wunderbare Welt erschaffen, Steve. Sie lädt uns wirklich ein, noch länger zu bleiben. Ich hoffe, du musstest nicht allzu lange auf uns warten?!" Fayzal trennte sanft, aber entschlossen, die beiden Freunde und setzte sie nebeneinander auf zwei Stühle aus Butterblumen. „Steve, mein Freund Fay hier hat mir sehr geholfen und wir haben schon große Abenteuer zusammen erlebt. Nun aber wird es Zeit, dass er in sein gesäubertes Zimmer zurückkehrt."

Fay wusste, was kommen würde. Er versuchte, seine Traurigkeit mit keiner Träne zu begleiten, und schluckte sie tapfer runter. Kennst du das? Wenn man denkt, da sitzt ein dickes Klößchen im Hals? Und eigentlich sitzt da gar kein Klößchen, weder Grießklößchen noch Kartoffelklößchen, sondern einfach nur die Traurigkeit, die sich dort ganz breit macht.
„Fayzal, muss ich wirklich zurück?", wisperte Fay. „Ja, mein Freund, das musst du. Steve braucht sein Zimmer nicht mehr und ich muss ihm vom Schlafwachland erzählen." „Wirst du ihn zu BaBu bringen?" „Zu BaBu, zu SoLun und zu den anderen Menschenkindern, die ihn schon erwarten."
Fay wandte sich mit festem Blick zu Steve und reichte ihm die Hand, so wie coole Jungs es tun. „Steve, ich werde immer dein Freund bleiben. Wenn du willst, treffen wir uns in meinen Träumen hier in deinem Garten." Steve lächelte und nickte mit seinem wirklich wunderschönen Kopf. Oh, Fay wollte so gerne so cool und tapfer sein wie Steve. Seufzend umarmte er ihn und schloss seine Augen, um diesen Moment in seinen Gedanken zu fotografieren. Fay erinnerte sich an das Versprechen, das er SoLun gegeben hatte, und reichte Steve seine Krebsrassel.
„Hier, nimm, Steve. Ich habe ein Versprechen gegeben und ich möchte es wirklich nicht brechen. Bitte grüße SoLun von mir und sag ihr, versprochen ist versprochen und wird auch nicht gebrochen!" Behutsam nahm Steve die Rassel, schüttelte sie leicht, so dass ein fröhliches Klappern der Scheren zu hören war, und lächelte ihn dankbar an.
Fay schloss noch einmal selig die Augen und hielt das Glück ganz fest. Er war furchtbar stolz auf sich und genoss hinter seinen geschlossenen Lidern die anerkennenden Blicke von Fayzal und seinem neuen Freund Steve.
Als er seine Augen wieder öffnete, saß er auf seinem warmen Bett. Neben ihm lag eine kleine Rassel, die aus kunterbunten und glitzernden Krebsscheren bestand. Daneben ein Brief mit einer Briefmarke, von der ihn Fayzal anlächelte. Als Fay auf die dicke Nase drückte,

zwinkerten die warmen braunen Augen ihm zu und die Stimme des großen Krebsfängers erklang klar und deutlich: „Deine Welt ist meine Welt, und wenn du sie verlierst, komme ich und bringe dir das, was dein Herz erhellt.“

Fay nahm seine neue Rassel, tanzte durch sein Zimmer und sang – na klar, was sonst?! - das Krebsfängerlied!

„Hay, hay, hay, Fayzal der Krebsfänger kommt herbei!
Lass mich ein und Freude wird ewig dein ...“

ENDE

Danke

Ich danke allen so besonderen Kindern, die mich zu Fay, Sofia und Steve inspiriert haben. Danke, dass ich in eure Seelen schauen und mit euch lachen und weinen durfte.

Ein großer Dank geht an meine wunderbaren Kinder, die besten Eltern der Welt Mama & Baba, meinen herzallerliebsten Bruder Taarik und an meine Freunde, die mich immer unterstützt haben – Liebe zu buchstabieren bedeutet eure Namen zu nennen.

Ich danke meinem Verleger Herrn Milad Karimi für Alles – Mektoub ist Mektoub!

Katharina Kelting, du bist wunderbar! Danke für deinen Mut und die wunderschöne Zusammenarbeit.

Nadia Doukali

Nadia Doukali *1971 in Marrakesch. Sie ist Kinderbuchautorin und lebt mit ihren beiden Söhnen in Frankfurt am Main. Die gebürtige Marokkanerin pendelt zwischen der Mainmetropole und ihrer Heimatstadt Marrakesch, um sich Inspiration für ihre märchenhaften Bücher zu holen. Sie schreibt Geschichten für und über Kinder, die besonders sind und sich in ihren Geschichten wiederfinden.

Katharina Kelting

Katharina Kelting, 1979 in Hamburg geboren, gründete 2007 ihr Unternehmen „ATELIER schwarzes Einhorn" und arbeitet seitdem freiberuflich als Illustratorin. Sie lebt gemeinsam mit ihrem Mann und Kater Merlin auf der Ostseeinsel Rügen. Menschen mit ihren lebendigen Bildern Freude zu machen und zu berühren, ist ihr Ziel und die schönste Anerkennung.

Impressum

Text: Nadia Doukali

Illustration und Gestaltung:
Katharina Kelting

Lektorat: Jenny Kühne

Druck:
Poppen & Ortmann KG, Freiburg i. Br.

Bindung:
walterindustriebuchbinderei GmbH, Heitersheim

1. Auflage

Salam Kinder- und Jugendbuchverlag Verlag KG
Unterwerkstr. 5
79115 Freiburg i. Br.
www.salam-verlag.de

ISBN 978-3-9813943-0-6